KB108074

오늘은 나만
생각하는 날

오늘은 나만 생각하는 날

슬픔은 아무 데나 풀어놓고

전서윤 시집

엄마가 큰딸에게 보내는 편지

오늘은 15년 전 너를 처음 만난 날이자 내가 처음 엄마가 된 날이다. 네가 나의 아이라는 게 얼마나 믿기지 않았는지…… 너무나 기다렸던 아이여서 눈짓 하나 손짓 하나가 다 신기하고 사랑스러웠어. 그러고 보니 우리는 15년 동안 함께 시간을 보내온 거네. 다만 긴 시간을 함께 했음에도 너는 나를, 나는 너를 잘 몰랐던 것 같아.

예전 내가 지금의 너만 했을 때 '만약 엄마가 된다면 내 아이는 혼자서 심심하게 키우지 않을 거야'라는 생각을 한 적이 있단다. 엄마는 혼자 있는 시간이 많아서 늘 심심했거든. 그래서 내 아이만은 외롭지 않게 키우고 싶었어. 나이 차이가 많이 나지 않은 아이들을 낳아서 그 누구도 외롭지 않게 해주고 싶었지. 친구가 없어도 형제나 자매끼리 의지하기를 바랐던 거야. 다른 것은 몰라도 서윤이가 심심할 틈이 없는 동생들이 둘이나 있으니 엄마가 어릴 적 생각했던 것 중 하나는 이룬 셈이야.

물론 가끔 넌 귀찮아하지만 말이야.

그리고 시간이 흘러서 엄마는 처음으로 중2병이 아주 제대로 걸린 딸아이를 맞이하게 되었단다. 그 순간 엄마는 애써 침착하려 노력했어. 중2병쯤이야 충분히 다룰 수 있다고 생각했는데, 친구 관계의 어려움까지 겪는 네가 학교에서 도저히 버텨내기 힘든 상황이 되었을 때 엄마는 모든 이성적인 생각이 잠시 마비되는 느낌을 받았단다.

너한테 미안했지만 그땐 무엇이 옳은 건지, 해결을 위해 어떤 판단을 해야 할지, 갑자기 아무것도 할 줄 모르는 어른이 된 거 같았단다. 어쩌면 이 모든 상황이 나의 부족한 양육에서 비롯되었을지도 모른다는 생각에 이러지도 저러지도 못하고 그냥 지켜만 보면서 마음 아파했어.

그러던 어느 날 우연히 너의 노트에 적힌 시를 보고 무기력하게 지켜보던 엄마가 오히려 부끄럽게도 위로를 받았단다. 그리고 엄마가 너를 잘 안다고 착각했다는 사실을 깨달으면서 우리 서윤이가 새롭게 보였어. 네 마음에 있는 감정들을 글로 옮기면서 어떤 마음이 들었을까를 헤아려보니 그동안 너를 많이 몰랐구나 하는 생각도 들었단다. 그래서 참 미안해.

누군가 글을 쓴다는 것은 자기 자신을 지키기 위해서라고 하더라. 자기를 어디로든 보내지 않고 묵묵히 자기 자리를 지키기 위해 글을 쓰는 거래. 엄마는 서윤이의 글귀를 읽고 우리 서윤이가 얼마나 외롭고 무서웠을지, 그럼에도 안간힘을 쓰며 도망치지 않으려고 얼마나 노력했는지를 생각하게 되었어. 엄마로서 미안하고 많이 아팠단다.

그 아픈 경험들을 통해 매일 조금씩 단단해지면서 힘들었던 시간들을 추스르는 지금의 딸을 보게 되어 다행이야. 더불어 상처가 아물 때까지 엄마가 계속 호호 불어줄게. 시간이 흐른다는 게 참 신기하게도 우리가 생각하는 것보다 많은 것들을 해결해주는 것 같아. 서윤이가 그 진리를 꼭 기억해주면 좋겠어. 살다 보면 원하지도, 기대하지도 않은 곳에서 뜻밖의 소중한 사람들을 만나게 된단다. 이것 하나는 꼭 믿어도 돼.

만약 타임캡슐을 타고 열다섯 살의 나에게 돌아가서 이야기할 기회가 생긴다면 세상에 대해 너무 겁먹지 않아도 된다고 말해주고 싶단다. 인생을 조금 길게 살아보니 그렇게 겁먹지 않아도 되더라고. 너에게도 해주고 싶은 말이란다. 더 이상 겁먹지 말고 당당하게 앞으로 나아갔으면 해.

엄마는 너를 안은 날부터 지금까지 힘든 날도 있었지만 기쁜 일이 훨씬 더 많았어. 엄마에게 서윤이는 기운 나게 하는 존재야. 그리고 너의 시가 엄마나 다른 사람에게 선한 힘을 불러일으킬 것이라고 믿는단다. 외로웠던 시간 안에서 너의 감정이 고스라니 녹여 있는 시들이 이 세상 곳곳에 있는 너와 같은 친구들을 따뜻하게 보듬어줄 수 있을 거야.

서윤이와 함께 지내면서 웃기도 하고, 화를 내기도 하고, 울기도 하고, 가끔 서로가 낯선 날도 있었지만 엄마는 지금까지 한 번도 네가 귀하지 않은 날이 없었단다. 좀 많이 바쁜 엄마를 많이 이해해줘서 항상 고맙고 미안해. 그리고 항상 하고 싶었지만 좀처럼 하지 못한 말이 있단다.

"매일매일 사랑해, 서윤아!"

2019년 12월 12일

신혜선

Contents

4 순간순간 지켜내고픈 것들

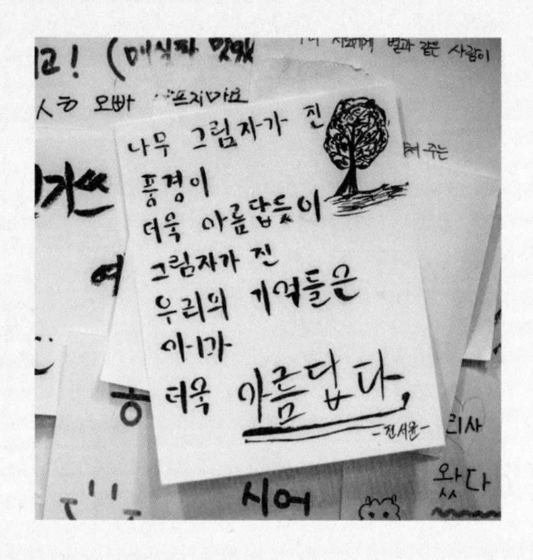
나무 그림자가 진
풍경이
더욱 아름답듯이
그림자가 진
우리의 기억들은
아마
더욱 아름답다

1

다락방 여원 문에서 나누던 이야기

웅덩이

비가 오고
아직 바깥세상 구경하고 싶어
남은 작은 웅덩이

작아도 참 예쁘게 생겼네

들여다보니
하늘이 바닥에 생겼구나

아파트와 나무도
바닥 밑에 생기는 것이

참 맑고,
참 예쁘다

나도 거꾸로 보인다

더불어 나의 색깔의 빛까지
거꾸로 보였으면

따끈한 우체국 편지

저 멀리 있는 내 베스트 프렌드
언젠가 다시 만나자, 약속했다
그 언젠가가 언제가 될까
넌 아직 바다 건너 있겠구나

그렇게 하루하루
그리움 아닌 그리움에 감싸이던 날,
우체국 편지를 받았다
바다 건너 산 건너 오랜 시간 거쳐 왔지만,
갓 내온 듯한 뜨끈뜨끈한 빵처럼
따뜻한 손 편지

너의 따뜻한 우체국 편지
그리고 마지막 남긴 말,

"꼭 다시 만나자"

편지에 남긴 손자국 만져보면,
손 마주잡던 날 생각나고,

편지에 있는 글귀 음미하면,

다락방 여윈 문에서 나누던 이야기와
네 재잘거리는 목소리 떠올려진다

지금도 부시래기 하나 묻히지 않고
고이 간직한 따뜻한 편지를 보며,

"꼭 다시 만나자"

언젠가 꼭 만나기를……
이 말이 꼭 너에게 전해지기를……

물건에 따끈한 사랑을 담아 배달하는 고마운 우체국
그 따뜻한 우체국은 오늘도 바삐 움직인다

2018년 10월 22일

우체국 시창작대회 출품작

상수리나무 아래

세상에 눈을 뜨기 전 상수리나무 아래,
너를 만났다

그 아래,
난 또 너를 만났다

상수리나무 아래서
너와 나는 매일 볼을 쓰다듬어준다

기분 좋은 향긋함
편안해지는 나무 아래

점점, 매일
난 볼 수 없어도 너를 느끼게 된다

네 나뭇잎, 볼품없지만 큼직한 줄기,
엄마 같은 너의 결

상수리나무, 너의 모든 것이 좋았다
그러나 상수리나무는 쓰러졌다

다시 지을 수 있을까?

나의 순수하고 아름다운 상수리나무

그것은 다른 사람이란 것의 손에 의해
천천히 뿌리가 뽑혀나갔다

내가 의식치 못한 채,
나무는 마지막 뿌리 한 가닥 남기고

헐떡헐떡, 나무는 말한다
절대 네 안을 죽이지 말아달라고

순수하고 아름다운 영혼을
누군가가 누구의 것으로 개척하도록 두지 말라고

난 오늘도
나무를 세운다

거친 압력과 바쁜 일상 속 나의 상수리나무는
아직 내 손 잡고 살아 있다

초가을의 파티

학교에 가려고
오늘도 걷는

똑같은 버스정류장, 육교,
단골 편의점 길……

지치지도 않고
그렇다고 재밌지도 않는

우리 마을 풍경

시간의 루프처럼 오늘도 같은 아침
그러다가 눈에 들어온 초가을의 파티

알록달록
시들시들
까끌까끌

별별 잎이 다 모여서
자기 좀 잘나 보이겠대

바람 미끄럼틀 따라

멋지게 회전하는

초가을의 나뭇잎들

나중에 가면 보는 눈 즐거운,
떨어질 잎들도 없는데

뭘 그리 자랑을 하는지
참……

하지만 마지막을
어떻게 해서든

매혹적인 파티를
선사하는 파티

오늘도
초가을의 파티

2018년 11월 5일

도로

숲이 창창한 초원에,
시멘트를 부어 만든 도로

신호등 도로, 고속도로,
그냥 도로……

이 도로 안의 자동차들은
도로 안의 표지판을 따른다
절대 다른 곳으로 가보려 하지 않는다

하지만 우리 발로는 어디든지 갈 수 있는 곳들
십리고 천리고 어디든지 갈 수 있는데

왜 우린 목적지를 미리 정해놓은 도로와 같을까?
그 길만 따라가야 할까?

2018년 6월 12일

멋진 저녁 풍경

일상에 지쳐
터덜터덜
힘없는 발로
바삐 움직일 때에,

집으로
어질어질한
발걸음을 향하던 때에,

웅장하게도 아니고
예쁘게도 아닌

그런 멋진 노을이
그 허탈한 저녁을
멋진 저녁으로 바꾸네

모든 것들이
저물어가는 마지막 햇빛에
힘입어 멋진 조화를 이룬다

카메라가 아무리 예쁜 필터를 만들어도
감히 흉내 낼 수 없는 따스한 저녁노을

이것이 풍경일까?
멋진 저녁 풍경

공허하고 허무한 저녁의
도화지를 채우는

주황색 빛깔
파란색 빛깔
분홍색 빛깔

서럽게 울던 아이도
사라지기 아까운 저녁노을을 보며
다시 볼이 촉촉한 미소를 머금는다

위에서 빛을 비춰주다가
너처럼 멋지게 저물 거라고,

아이는 투명한 눈동자 속,
낮보다 강렬한 햇빛이 담긴 눈을 반짝이며
멋진 노을에게 소리쳤다

그 색깔, 아닐 수도

봄이다
그 빈약했던 나무들이
생기를 되찾을 때구나

벚꽃과 한 겹 얇아진 코트는
점점 더 따뜻해지고
부드러워진 바람과
자유롭게 어울린다

그에 어울리는 바람 색깔
보드라운 분홍색이 떠오르네

그래,
봄은 생기를 되찾는 분홍이지
하지만 아닐 수도,

깊게 들여다보면,
다양하고 더 아름다운 색이 있어

마음껏 갈색 생머리를
찰랑이고 다니는 나의
부드러운 갈색,

꽃피는 짙은 보랑,

봄의 시작인
얇고 가느다랗지만

생명력 넘치는 따뜻한 초록
아 이렇게 많구나, 봄의 색깔이

여름이다
영글어진 초록 나뭇잎과
선명한 햇빛

더워서 마른
시골집 색한지 벽지들

분수대에 뛰어들어
젖은 얼굴 어루만지며
웃음 터트리는 아가들

얼마나 활기차고
신나는 이 계절인가!

그에 어울리는 원피스 색깔
하얀색이 생각 나네

순수하고 빛난다
그래, 여름은 하얀색이야

하지만 아닐 수도, 깊게 들여다보면,
여름에는 흰색이 없는 데 말이지

계곡에서 바지를 걷고
물장난을 치는 아이들
연상케 하는 청록색,
발랄하고 미소 짓는 노랑,
강렬하지만 개성 있는 주황

아, 이렇게 많았나
여름의 색깔이

가을이다
선선해지고 감성 풍부해지는,
때론 투박한 그런 부스스한 가을

아 멋진 색깔!
정말 환상적인 색깔들

나뭇잎들은 알록달록
마지막 단장을

사람들은 부스슥 부룩
커피색 코트를 꺼내 입는다
낭만적이구나, 가을

그에 어울리는 나뭇잎 색깔 갈색!
시들기 전에 모두들 갈색으로 변해버리지
그래, 가을은 갈색이야

하지만 아닐 수도, 깊게 들여다보면,
계속 표현해도 부족한 색깔이 많단 말이지

따뜻하면서도 날카로운
짙은 노란색과
깊고 잔잔한 갈색,
열광적이고 신나는 빨강,

연륜 있고 온화한 짙은 초록색

아, 이렇게 많았나
가을의 색깔이

겨울이 오면 역시 크리스마스!
웅장하고 거대한 초록색 트리,
그리고 설레는 빨간 목도리

그에 맞는 색깔은, 빨초!
빨강과 초록은 최고의 조합이지
그래, 겨울은 빨초야

하지만 아닐 수도, 깊게 들여다보면,
설레는 크리스마스 색깔은 아주아주 많아

고급스러운 금색,
밝고 따뜻한 노랑,
장난꾸러기 앵두색,
순수한 하얀색,
넓디넓고 자유로운 파랑
아, 이렇게 많았나, 겨울의 색깔이

그럼 신나는 크리스마스 완성!

언제든지 어울릴 듯한
그 색깔들,

어울리는 진짜 맞는
그 색깔,
아닐 수도

낙엽 떨어진다

수줍게 달아오른
단풍잎

햇병아리가 된
은행잎

은은한 커피 향이 날 듯한
수많은 갈색 잎들……

벌써 가을인가?

아직 반팔을 입어야 할 것 같고
아직 방향제를 뿌려야 할 때인 듯한데

벌써 낙엽이 영글고 있는 거야?

짧은 해가 마음껏 뿜는 빛깔은,
색유리마냥 잎을 변신시킨다

원래 그렇게 빛났던가
초라하게 얇아진 나뭇가지들 슬퍼한다

가을이 저물며
바스락바스락,

빛나던 나뭇잎은
제 무거운 탓인지

매서운 바람 때문에
나뭇가지에서 손을 놓아버린 탓인지

훨훨 날개 깃털 빠지듯이
그 아름다운 나무 사이에서
퇴장하고 마네

나무들은 제 새끼들 잃는다고
나뭇가지 흔들어 잡아보지만
잡히지 않는다

그 며칠 사이에,
몰라보게 초췌해졌다

애지 중지 키워낸
늦가을의 잎들은
서쪽으로 갔는지
동쪽으로 갔는지
그 누구도 모르는구나

나무들이 슬퍼한다

뭐든지 시초는 희망찼는데
끝은 빈 나뭇가지들의
외로운 교향곡뿐이구나

그 잎들 어디 가서 어디 있나
그저 모두 새 출발하는 마음으로
부디 용기 있게
새하얀 겨울을 나길
자유 찾아 새로운 낙엽이 되었길

아직 너에게는 내년 씨앗이 남아 있다는 걸
알려주고 싶어

인간과 달리 넌

자유롭지 못하지만

높은 하늘을 날아다닐 수 있는
그런 순수한 하나의 낙엽

가을의 절정
그리고 떨어지는 낙엽이란다

2018년 11월 18일

가을 향기

여느 때처럼,
알람 소리에 부스스 일어나

대충 교복을 차려입고,
먼지 내음 가득한 실내화에

발을 구겨 넣어
오늘도 아침을 맞이한다

엘리베이터 문이 열리자
나를 맞이한 낯선 향기

아직 온기로 감싸진 실내화를
그 향기로 채웠다

차가우면서 포근히 감싸는 향기
익숙한 향기

온기 남은 교복도
서서히 향기로 가득찬다

나는 후읍-
몸속에 크게 숨을 불어넣고,
새로운 계절을 느낀다

걸음을 재촉하며
마주한 졸린 햇살이

키가 작아진 것을 알아채자
결국 가을을 찾아내었다

왜 이제 왔니,
이 여름이 나를 외면해도
왜 더 빨리 와주지 못했어

졸린 햇살이 그 어느 때보다
따뜻하게 느껴진 것도
날 서럽게 하였다

가을이 정겨운 인사를 하기에,
나도 결국 킁킁거리며 그를 찾아 인사했다

안녕, 가을아

2019년 9월 22일

시작

분명 겨울에서 녹색이라곤,
생기가 사라진 황녹색뿐이었는데

흰 옷을 씻어내고 빗자루에 쓸려
어디에 갔을까?

바스락 바스락
저를 떼어가며

가벼운 몸으로
여행을 떠났을까

늙은 잎들이 자리를 비우고
봄의 시작을 알리는

아주 연약한 새순들이
돋아나기 시작한다

여름에 모두 영근 잎과는 달리
갓난아기 볼때기마냥

해가 비친 봉오리까지 여린 것들을

조심히 또 조심히 쳐다보았다

한참 사진들을 찍어대고
새순들이 마음 놓고 수다를 떨 수 있게

자리를 피하려
일어섰더니

곧 쨍한 본모습을 드러내려는 태양이
두 눈을 황금빛으로 뒤덮였다

그제야 더워진 바람,
개미들이 기어나오는 소리,

새로 돋은 나뭇잎이 살랑거리는 소리가
모두 들렸다

또 시작이구나, 하고
세상 가벼워 보이는

새순들을 하염없이
부러워하였다

좋아하는 계절, 12월

봄은 간지럽고
여름은 산만하다
가을은 낯설다
내가 좋아하는 계절은 겨울

12월 1일,
나무들에게 짚을 덮어주는 날

12월 11일,
중학교 2학년 시험이 모두 끝나는 날

12월 12일,
촛불을 부는 날

12월 24일,
두근거리며 트리를 보고 또 보는 날

12월 25일,
성탄절

12월 31일,
연말 파티를 준비하는 날

입김이 오가며 춥지만 따스한 온기를 나누는 날
겨울에는 카페나 도서관을 찾아가

겨울만의 푸릇한 색감을
창문 밖으로 감상한다

차분하고 부드럽다
초록과 빨강이 아니더라도

흰색이면 충분하다
하루하루가 겨울을 지나갈수록

친구를 잃는 것 같아
너무나도 아쉽다
가지 않으면 안 되겠니

겉옷을 벗느라
따끔한 정전기를 맛봐야 해도

숨 쉬기 힘들 정도로
찬바람이 코를 때려도

이렇게 나를 받아주는
겨울이 너무 좋다

포근하고 따듯한 네가 정말 좋아
가끔씩 내가 순수한 미소를 짓게 해줘서
정말 고마운 존재야

느린 재즈를 틀어놓고 365일 매일매일
지금을 만끽하고 싶다

따뜻한 바람이
겨울만의 온기를 앗아가기 전에
더 자주 카페에 가야겠다고 생각했다

다시 만나자

우리는 오늘
배를 타고

여행을 간다

회색 빛깔 고딩생의
가장 신나는 그 순간,

단원고 수학여행!

배를 타려 보니,
조금 낡았지만 훌륭했다

무슨 상관이랴,
신나는 여행이 기다리는데!

그렇게
배는 출항했다

우리는 육지에서 벗어났다
세월호의 속도가 더뎌지고 있었다

걱정스럽지만,
우리 배는 튼튼하니 괜찮을 것이다

우리는 그날
세월호 안에서

뛰어댕기며 웃었다
정말 즐거웠다

친구들과 어깨동무하며
나는 영원히 이 친구들과
헤어지고 싶지 않다고 생각했다

배가 기운다
점점 기운다

안내방송에서는
각자의 방에 가 있으라고 하였다

얼른 내 친구들과
방에 뛰어 들어갔다

배가 기운다
점점 기운다

안내방송에서는
각자의 방에 가 있으라고 하였다

선생님의 지시대로 친구들과 나란히
복도에 수평으로 엉덩이를 붙였다

괜찮을 거라고
친구가 말해주었다

배가 기운다
점점 기운다

안내방송에서는
각자의 방에 가 있으라고 하였다

죽고 싶지 않다고 친구가 징징댔다
수학여행에서 무슨 헛소리야

배가 기운다

점점 기운다

안내방송에서는
각자의 방에 가 있으라고 하였다

복도는 고개를 위로 바짝 틀어서 보아야
원 상태로 보였다

옆에서 호들갑을 떨던 친구는
말릴 새도 없이 창문을 깨고 탈출했다

죽으면 어쩌지?
대체 왜 바보같이……

배가 기운다
점점 기운다

안내방송에서는
각자의 방에 가 있으라고 하였다

뛰어 들어간 방 침대 기둥을 잡고
간신히 매달려 있다

배가 기운다
점점 기운다

안내방송에서는
각자의 방에 가 있으라고 하였다

선반에 올려진 짐들이 떨어져
앞방의 아이들을 깔아뭉갰다

무서워
사람이 죽었어
사실이 아니야

즐거운 수학여행에선
아무도 죽지 않아

배가 기운다
점점 기운다

물이 차버려 안내방송이 끊겼다
완전히 90도로 배가 기울어졌다

나 무서워, 너무 무서워
살고 싶어, 나에겐 꿈이 있는데!

어쩌다 이리 된 걸까
왜 하필 나에게 이런 일이 벌어진 걸까

배가 기운다
점점 기운다

희망찬 말을 하던 친구는 입을 뻐끔거리며
나와 손을 잡고 해경을 기다린다

물이 찰 대로 차,
분명 몇 시간 안에

바다가 배를 집어삼킬 것이다
친구야, 살아서 만나자

물이 차버려 창문이 보이지 않기 1초 전,
세월호 앞에서 멈춰서 있는 해경을 보았다

배가 기운다

점점 기운다

난 살려고 죽기 살기로
복도를 뛰쳐나왔다 아니, 헤엄쳐 나왔다

아직 복도에 남은
손가락 마디만큼의 공간을

갈비뼈가 아플 때까지 빨아들였다
더 이상 숨을 쉬기가 어렵다

들이마셨던 산소는
이미 거품이 되었다

숨이 막혀
숨 쉬고 싶어

머리가 터질 것 같아
배가 아파와

구역질이 날 것 같아
날 도와줘

죽고 싶지 않아,
가라앉고 싶지 않아……

배가 가라앉는다
점점 가라앉는다

당장에라도 터질 것 같은
혈관을 꾹 누른다

생명력을 잃은 채
공허하게 뜬 눈
그 뜬 눈의 주인이
내 옆에

희망찬 말을 해주던 친구는,
같이 도망친 친구는,

내 옆에서 눈을 감고
편히 숨을 쉬고 있다

아니, 숨을 멈췄다
몸이 붕 뜬 채로, 입을 벌린 채로

그 친구는 먼저
바다 위로 날아갔다

배가 가라앉는다
점점 가라앉는다

배 안은 고요하고,
더 이상 시끌벅적한 아이들의 목소리가 들리지 않아

들뜬 목소리로
서로를 부르던 소리가 사라졌어

아, 나는 저 위의 세계로 돌아갈 수 없어
나는 혼자야

내 머리카락은 물의 흐름 맡겨
둥실둥실

이미 배는 하늘 떠나
바다에 이끌린 듯이 떠내려가는 중

얘들아, 말 좀 해줘

나 무서워 죽겠어

왜 눈을 안 뜨는 거야
왜 가만히 있는 거야

잘 뛰어놀았잖아
우리 몇 시간 전만 해도 함께 웃었잖아

숨을 못 쉬겠어
눈을 못 뜨겠어

아파, 너무 아파
이젠 정말 한계야……

콜록콜록,
컥컥, 흡, 헉,
콜록콜록,
살오이어……

살고 싶어
엄마아빠가 너무 보고 싶어

아직 엄마아빠한테 못해준 말들이
너무나 많은데

고맙고 사랑한다는 그 한 마디 못 전했는데
못 이룬 것들이 얼마나 많은데……

세월호는 그렇게 바닷속으로
여행을 떠났다

생각해보니
어른스러운 19살은
그리 많은 나이가 아니었다

우리는 아직 어리고 겁이 많았다
하지만 무섭지 않았다

난 지금 아이들을 따라 배 밖으로 나왔다
엄마아빠, 친구들아

나 지금 바다 위로 올라왔어
세월호 밖으로 탈출했어
아프지 않다고……

근데, 나 당신들 이제 못 볼 거 같아
너무너무 보고 싶을 텐데

지금도 보고 싶어 미칠 것 같은데
이제 나 날개 달고 수학여행 가

하지만 언젠가 다시 만나자
사랑해,

언젠가 다시 만나자
모두

2

분홍 하트

좋아하는 것들

좋아하는 것
끈기를 성장시키는 것

그것은
아주 신비로운 것

아무리 해도 지치지 않는
땀 내어 움직이는 특정한 춤

무섭고 어두컴컴한 다락방에서도,
죽을 만큼 울고 싶을 때도,

나는 내 악보와 연기대본을 만지면
다시금 평화와 희망을 보았다

지금 무엇을 하면
기분이 좋을지 몰라도,

특정한 것 없이 할 때마다
행복해지는 것은 틀림없이 있다

그게 설령 안경 닦기, 먼 산 보기 등

별것 없더라도

너에게, 나에게
가치가 있다면

그건 나에게,
이미 가치 있는 일이 된 것이다

2018년 10월 13일

피아노 소리

한 음 치면,
아름다운 소리

또 한 음 치면,
아름다운 소리

각자의 개성을 뽐내며
하나의 피아노를 이룬다

하지만 같이 치면,
같이 조화를 이루면

하나론 부족했던 아름다운 소리가
아름다운 하모니로 이루어진다

하모니, 가끔 별로 아름답지 않은 음도
한몫 거들면 때론 완벽한 하모니

2018년 6월 17일

오색찬란 안경 반 아이들

2학년 두 번째 교실 문을
들어설 때부터 느껴졌던
이 아이들의 분위기

난 이 아이들을 피하고 싶었다
낯설고, 구제불능이고, 성격 더럽고,
공부는 젬병인 우리 반

첫 중학교 생활
끼었던 오색찬란 색안경과 같은 느낌이다

처음은 절망스러웠지만
끝은 너무나도 아름다웠던 반이었다

1-5반,
많은 추억도 남겨주고
한심하고 어리숙했던 나를
성장시켰던 반

오색찬란 색안경을
13살 때까지 벗을 생각 못하고 있던 내가

다시 벗으려니 눈이 너무 아팠나 보다

이번 반도,
1-5반도,

처음엔 정말 막막하고 싫었다
나와는 다른 아이들이라고 생각했다

하지만 시간이 지날수록 익숙해지고
마음 사이 통화를 하기 시작했다

그리고 우리 반,
꽤 정 깊고 순수한 아이들이
모였단 걸 알았다

2학년 2-2반이라는
숫자가 익숙해질 때까지
익숙하게 부를 때까지

난 색안경을 벗어야 할 것이다
그리고 내 자아의 고집을 꺾는

아주 힘든 일도 해야 할 것이다
하지만 벗을 것이다

가끔은 원망스러워도 열정과 응원으로
똘똘 뭉친 우리 반이 좋기 때문이다

5반이 그리워도 사람들은 계속 지나가는 법이다
그렇게 지나갈 때마다 천천히 안경을 벗으려고 한다

WELCOME

재잘거리는 학원 버스

난 학원버스 탈 때가 좋아
재잘거리는 학원버스가
재잘거리는 학생들을

여분의 의자까지 꽉 채워
목적지로 그저 옮기는 게,
우리가 하나가 된 것 같아서 좋아

넓적한 버스에
우리를 꾹꾹 눌러 담은 채 목적지로 간다

재잘거리는 학원 버스는
절대 안 만날 것 같은 사람들도
한자리에 모이게 해주지

찰나의 순간뿐이지만,
곧 헤어지는 인연이지만,

난 그저 즐겨
재잘거리는 학원 버스를 말이야

만나서 안녕,

오늘도 안녕

분홍하트

내가 사랑하고 믿고 의지하는 사람들의 칭찬은
나에게 분홍하트로 다가온다

따뜻하고 은은한 듯, 아름답고 단순한
딱 내게 필요한 하트

그 사람들의 하트를 한 번만 받아도
구름은 몽실몽실하고

햇빛은 은은하거나 따사롭고
바람은 내 몸을 흘러가고

미소는 예쁜 초승달 모양을 띠며,
그날은 아름답고 희망찬 날이 된다

그런 사람들이
특히 내게는 참 미미한 존재일 수도,

과분한 존재일 수도 있기에
내 주위엔 참 적은 듯하다

하지만 알고 보면 너에게

많은 분홍하트들이 있다

그저 가벼운 인연도
너에게는 큰 분홍하트가 언젠가 될 거야

그러니까, 일단 작은 하트라도
움켜잡아

네가 생각하는 하트도
너의 하트가 될 수 있으니까

주변에 보이는
인형도 반려동물도
베개도

충분히 위로되는
분홍하트다

11월의 첫눈

밖을 나가보니 하얀 눈이
지루한 아파트 지붕을 감쌌다
어찌 저리 아름다울까!

채 마르지 않은 웅덩이와 아름다운 지붕!
이 평범한 하루에 기적 같은 일이 일어났다

내가 좋아하는 빨간 목도리와
갈색 점퍼를 입고 현관문 밖을 나선다

바로 몸을 감싸는 이 한기
춥지만 싫지 않은 한기
설레기까지 하다니

아까 눈과 함께 보였던 그 웅덩이에
포니테일을 하고 빨간 목도리를 한
안경 낀 소녀

길거리엔 달달한 팝송이
거리를 가득 메운다
아, 황홀해라!

낯선 미끌거림이
이리 설렐 줄이야

매일 울려퍼지던 팝송이
이리 달달할 줄이야

목도리에 파묻은 입술을 잠시 들어 느낀다
이 기분 좋은 설렘을 안고 천천히 가볍게 걷는다

마디마디 언 듯한 손가락도
바닥에 눌러 붙은 단풍들도
첫 눈에 파묻힌 횡단보도도
설렌다, 달달하다!

첫 눈에 소원을 빌면 이루어진다는데,
나도 모르게 평범한 그날

나도 모르게 이루었구나
행복하다

비 온 날의 무대

비가 온 후
반짝이는 도로 위

정신을 빼앗길 정도로
매혹적인 무대

신호등은 조명이 되고
도로 위 자동차들은

너나 할 것 없이
이 자리의 게스트가 되었다

시동 소리에 맞추어
발을 구르고 나면

다시 짝을 찾기 어렵지만
계속 춤을 춘다

구두가 주차장에 도달할 때까지
무대는 끝나지 않는다

계속 신호가 바뀌고

계속 짝이 바뀌는데

너무 아름답다
살짝은 광기어린 그 춤들이
너무도 아름다워서 글로 남겼다

가을밤 학원 거리

버스를 놓쳐 부랴부랴 타고 간 자전거
학원을 향해 질주할 땐
매서운 바람밖에 느껴지지 않았다

학원을 마치고 다시 질주하는
가을밤 학원 거리에,

자전거 그림자를
어여쁘게 그려놓은

가로수 총총 박힌 이 거리는
바람조차 설레게 만들었다

간판이 반짝이지도 않고
인기가요도 들려오지 않지만

사람들이라고 해봤자
엄마들이 모임 나와
한곳에 집합한 동네 아이들이

치킨집 앞에서
얼음 땡 놀이를 하는 것뿐이지만

아, 여긴 사람 냄새가 났다

행복한 거리,
질주하는 동안
귀가에 스치던 매서운 바람은

거리에 물들여
맑게 웃으며 옆바람과 떠드는
어린아이가 되었다

차가운 밤을 녹여주는
따스한 치킨집이
내 왼쪽 몸뚱아리를 감싸면

고개 돌려
선사받은 멋진 행복
투명한 맥주들이 부딪히고

주황빛 조명이 거리를 품을 때,
치킨 다리 뜯지도 않은 주제에
뭐가 그리 행복하다고

달리는 몇 초 동안
두 눈이 웃는다

가을 낙엽이
따스한 조명 타고

바람과 손잡아 춤을 추며
풀렁풀렁 떨어지면

그야말로 솜씨 좋은 화가의
가을 밤거리 풍경만 못하다

누군가에겐 그저 춥디추운 밤거리,
누군가에게 인간다운 행복을 선사한
가을밤 학원 거리

오늘도 시린 손 뒤로하고
자전거에 탄다

한숨을 쉬게 만드는
무거운 책가방 등지고

사람들이 숨 쉬는 가을밤 학원 거리가 좋아서
언젠가 나에게도 주황빛 조명이 번지길 바란다

2019년 10월 24일

겨울밤에 먹는 호빵

아무 생각도 하고 싶지 않은 오늘,
옆 동네 아파트 불빛들이 환한 이 겨울밤

-소복소복
새하얀 눈이 온다

-소록
무심코 내민 손등에 눈이 스며들었다
갑자기 기분이 좋아졌다

-스르륵
눈을 감고

-통통
가볍게 손가락으로 건드려본다

-습~ 하아
모락모락 나는 김을 코로 맛보고

-짜악~
드디어 뜨거운 호빵을 반으로 찢었다

속이 꽉 찬 호빵 속
군데군데 섞이지 못한

큰 팥앙금을 보고 있자니
괜히 쓴웃음이 났다

커다란 너도 똑같이 달콤한데
그래서 더 잘 보이는걸

아아, 도란도란 모인
저 형형색색의 불빛들이

진하다 못해 칙칙한 이 단팥이
팥을 감싼 말랑말랑한 이 빵이

어두운 하늘 아래 모여
따스하게 위로해준다

베란다 밖을 멍하니 쳐다보던 나는
퍼뜩 정신을 차리고

반으로 찢은 호빵의 열기가 가시기 전에

얼른 베어 물어

입속에 넘치는 팥으로
텅 빈 마음을 달랬다

담백한 겉과 달달한 속이
입을 가득 채우는 게

-정말 포근해

때마침 호빵처럼 보드라운 눈이
하늘을 메우기에

혀를 내밀고 떨어지는
눈송이를 받아먹으며 장난도 쳤다

음, 이제 괜찮은 거 같아
나를 괴롭혔던 심란함이

빵빵한 호빵 속에
녹아들어 사라졌거든

하얀 눈은 불쾌한 감정들을
넓은 제 속으로 품어주었고

-소복소복

혼자였던 차가운 밤은
오늘은 호빵처럼 지나갈 것 같다

우리가 만든 까망

그거 아니?
색을 섞으면 섞을수록
그 물감은 아름다워져

하지만 계속해서 섞을수록
색은 점점 역겨워져
마침내 까만색이 돼버려

흰색을 섞어봐
회색이 될 뿐이야

우린, 무색 지구에
무슨 짓을 했던 걸까?

평평하고 부드럽던 땅에
얼마나 많은 철 기둥을 박아놓았을까?

자유롭게 팔을 뻗던 나무에게서
얼마나 많은 팔들을 가져갔을까?

우리의 색은 은은한 조화를 넘어
점점 진해지고 있어

편리함에 속아 결국 자기도 모르게
이 세상을 진하게 지배해버린 우리

아직 세상은 아름다운 줄만 알고,
깨닫지 못한 채
환경 보호에 대한 프로그램을 내보내며

정작 어린 새싹들에겐
남은 콜라를 쏟아 부어

이젠 까망이 되었으려나?
까만색이 아닌 까망 그 자체
하지만 고개를 들렴

아이들아,
아직 나무는 숨을 쉬고
민들레가 밤을 이룬단다
아직 모르고 깨닫지 못했던

아이들아,
우린 까망을 회색으로 만들고
회색을 가꿀 수 있단다

늦지 않았어

우리의 손으로 계속해서
흰색을 섞자

땅에게서 철 기둥을 뽑고
나무에게 팔을 되돌려주자

그들에게 고마워하자
그렇게 해서

우리와 지구가 연결되어 있다는 것을
알게 될 거야

그러니 어서
흰 물감을 만들어라
까망을 달래거라

- 환경보호를 주제로 한 시창작대회 최우수상작

점심시간

학교에 있는 시간 중
가장 뜨겁고 활기찬 시간

학교에서 제일 기다려지는 시간,
급식소, 그리고 급식차
모두들 열광적으로 맞이한다

뜨거운 밥과 국, 시원한 김치와
지글거리는 제육볶음과 미역줄기를 먹으며,

매일 이런 뜨거운 시간이
한번이라도 있는 것에 감사한다

2018년 6월 12일

카페요일

째깍째깍
아침 7시

아직 보랏빛인 하늘 아래
어둡고 답답한 방 안에
아침 햇빛이 드리운다

빛을 받은 꾸불꾸불한 먼지들은
침대 위 가벼이 날아오르고

그렇게 멍 때리도록 있다가
초점이 돌아왔다

향기로운 냄새가 필요해
갓 구운 향긋한 빵

쌉싸름한 향으로
방 가득 채우는 커피

나를 채우는 것
오늘은 카페요일

의미 없이 째깍거리는
밝은 냄새가 없다

커피와 빵은 아침 일상에 스며들 뿐이다
오늘은 카페에 가야지

세수를 하고, 부스스한 머리는 그대로 두고,
혹시 모르니까 가면서 정수리에 향수라도 칙칙 뿌려

하늘이 색을 되찾고
날 데려가기 전에
나는 그를 피해 도망간다

카페 문을 열어 쌉싸름하고 부드러운
카페 향기를 들이마신다

얄밉도록 눈부신 낮이
곧 날 끌고 가겠지만

오늘은 토요일,
나만의 카페요일이다

카페를 가득 채운
검은 커피를 마시고

고소한 빵을 찢어 먹으면
다시 푸르러진 아침과 인사하며

그것만으로도
하루의 좋은 시작이다

째깍째깍
바보같이 계속해서
12에게 달려가는 시간이지만

카페요일만큼은
조금만 쉬어갔으면

시곗바늘이
여전히 보랏빛 하늘을 띄었으면

카페요일
나를 충전하는 날

공허하고 지친 마음으로 방황 중이라고?
근처 카페 문을 열어

카페를 가득 채운
커피를 마시고

그곳에는 행복한 음악과
부드러운 웃음소리,

그리고 커피와 빵이 있지
저녁노을을 보며 즐겨도 좋다

낮도, 밤도 다 좋아
나름대로 어울리거든

산만한 네 마음 달래기에
딱 좋은 시간이지

배와 마음 모두
빵빵하게 채웠다면

이제 카페요일을 만들어봐

너만을 위한 카페요일

2019년 11월 23일

친구들, 나 그리고 공연

짝짝짝
쿵쿵짝

하나씩 하나씩 합을 맞추어
우리의 춤을 완성해간다

쿵짝쿵짝
탁-탁-

우리는 갈수록 뭉쳐간다
이 공연을 위해서

눈물도 정도 웃음도
공연 마지막 인사와 함께 흩어졌다

예전의 미련을 버리고
새로운 연극을 드디어 찾았다

무대 위에서 나는 박수와 호응 소리를
친구들의 손을 잡고 가만히 즐긴다

어찌 보면 노래와 연기로 맺어졌기에

더욱 특별했다

그게 연극의 묘미 아닐까,
공연의 선물이겠지

무대 위를 날아올라 소심했던 나는
이 무대 위에서 샹들리에를 부른다

친구들과 합을 맞춰
하나의 이야기를 만들어나간다

우리의 이야기
이 무대 위에서 너는 춤을 출 수 있어

다리만 튼튼하다면 샹들리에를 타고
날아오를 준비가 되어 있어

같이 하자,
우리 같이 손 잡고 공연을 펼치자

우리의 이야기는
계속해 새로워질 거니까

흔한 짝사랑

소심한 여중생의
뒤늦은 두근거림

당연히 모르는 너의 시선
나는 여기서 쳐다보는데
당연히 모르는 너야

페북 메시지로
작은 연락이라도 하던

그 가느다란 연결고리라도 놓칠까
함부로 말도 못하겠어

복도를 거닐다 혹시라도 너를 만날까 봐
그걸 또 기다리는 멍청한 나

안 될 걸 아는데
인정하고 싶지 않은데
왜 네 얼굴을 자꾸 보고 싶어질까?

난 널 좋아한 적이 없는데
왜 자꾸 떠오르는 걸까?

이 불쾌하고
미적거리는 감정은 뭐지?

언제부터 발걸음이 달라졌을까?
이게 사랑이 맞을까?

오늘도 네 얼굴을 보러
일부러 네 반을 지나며 머리를 정돈한다

넌 말을 걸어주지 않아
왜냐하면, 우리가 만나던 통로

우리가 만났던 계기는
이제 끝났거든

괜찮아
멀리서 지켜봐도 괜찮아
못 잊어도 괜찮아

새로운 만남을 찾길
내가 기도해줄게

내가 바라는 것은
너의 행복이기도 하니까

그러니까 네가 더 잘난 곳에서
행복할 수 있도록 기도해줄게

내 짝사랑

그냥 열다섯의 첫 짝사랑
그저 팬심에 좋아한다는 것과 달리

얼굴이 빨개지고
가슴 두근거리던
짝사랑

옆에 있으면 긴장돼
목소리가 꽥꽥

제멋대로 노래하는
이상한 짝사랑

처음엔 인정하기 싫었던 나의 짝사랑
그저 창피했던 짝사랑이었다

지금은 끝났지만
다섯 달 동안 나에게

핑크빛이 가득한 설렘을 주던
너에게 고맙다
용기 내 대답해주어 고맙다

난 내가 고백한 용기에
플러스 10을 더해서

웃으며 받아들일게
좋은 짝 만나길 바라

아무리 어두워도 별이 빛난다고

아무리 어두워도
별이 빛난다고

별이 보인다고
누군가 말했다

그 별,
잡을 순 있을까

날 잡아당기는
무거운 중력에 거부하며

몸을 던져도,
손을 뻗대면

손가락 사이로 보이는
아득한 하얀 별은

얄밉게 미소 지어
쥐어지는 야속한 밤공기는

손 안에서

푸스스하고 사라져

옆구리를 가로지르는
서늘한 바람 공기가 날 비웃잖아

티없이 맑은 저 별들은
암흑을 대표할 뿐이야

우주가 차지한 별들을,
난 알 수 없어

반짝이는 별들이
무슨 생각으로 나를 내려다보는지

다시 쳐다보면 뭐해?
냄새를 맡을 수조차 없는걸

누군가에겐 꿈이 되고
바람이 되는

반짝거리는 별 아, 저 별들
나보다 키가 큰 것들을 위한 별이야

아무리 어두워도
쉽게 잡을 수 있게 만들어졌나 봐

우주 아래의
지구 사람들이 마음껏 꿈꾸도록

행성 하나에 온갖 수식어를
갖다 붙이며 숭배하도록

차라리 위에
머물러 있는 게 나아

아무리 어두워도 그것들은 땅 아래의
영원한 우상이 되었잖아

우리에게 어두운 하늘의 별은
그저 길을 밝힐 뿐이다

2019년 10월 4일

3

열다섯,
아름다운 흉터

상처 그리고 비난

상처, 아픔의 형태
넌 언제나 솔직해

비난, 마음의 형태
넌 언제나 투명해

난 아직 여기 살기엔
너무 연약한가 봐
상처에 멈춰 서고
비난에 웅크려

그 사람한테는 그저
말 한마디일 뿐인데……

혹 견딜 수 없을 때,
난 너희를 살펴봐

그리고 다시는
너희들을 없앨 수 없을 거라고,

내 투명한 인생에
걸리적거리고 불투명한

너희가 그렇게 칠을 해대는데
이젠 저절로 받아들여지네

인정 못해, 너희 따위들이
내 인생에서 왜, 제발 그러지 말아줘

난 익숙해지기 싫단다
그러니 저리 가줘, 사라져줘

많은 것 부탁 안 할게
그저 나에게 방문하지만 말아줘

더러워진 육체와 너희와 섞여진 가슴으로
꾸며진 인생을 살 수 없어

그러니 제발,
제발 제발

내 목에서 눈물을
막는 일 없게 해줘

무책임하고 바라는 것 많은

이 여자애에게

그저 아름다운 흉터로라도
남아줘

혼자 추는 춤

절벽에서 아슬아슬
치마는 나풀나풀

한 번 혼자
춤을 추고 싶었다

아무도 없는
계곡의 절벽에서

누구도 보지 못하는
까만 나무 사이에
스며든 햇살을 느끼며,

혼자 우아한 춤을 추는 여유로움
참 아름답더라

귀 때리는 듯한 물소리가,
으스스해 보이는 까만 나무가,

그리고
마침내 행복해하는 내가

가면무도회

가면무도회

네가 곧 가야 할 특별한 잔치
절대 되돌아올 수 없지

멋지고 찬란한 궁전을 봐

어지러울 듯한
웅장한 노래,

오페라의 유령 손아귀에 있는
무도회 아주 매력적이지

자만에 빠진, 몸매가 멋진,
얼굴 모르는 황금가면들

코르셋을 꽉 조이고
머리와 가면을 잔뜩 색칠해

넌 곧 여기 있어야 한단다
얼굴 모르는 화려한 이 가면무도회 속에서

넌 이제 여기 속할 거란다
오페라의 유령이 숨어 있는

공허하고 너무나도 잘난
이 가면무도회 속에서
춤을 추거라

멋지고 매력적인
춤을 추거라

사람들의 환심을 사거라
사랑을 얻어라

구멍 난 상처를 보여선 안 돼
넌 결코 이 무도회를 바꿀 수 없어

힘들어서

눈물이 계속 날 것만 같다
이 세상이 나와는 딴판인 것 같다

직접 한번이라도
겪지 않아본 고통은,
가볍게 나눌 수 있겠는데
오히려 죽고 싶을 만큼, 그럴 만큼 힘들면,
나누기도 무거워진 입이 되어버린다

내가 망가진 만큼,
저 사람도 망가졌는가?
여기저기로 뻗은 식은 눈물 때문에
볼이 시려서 더욱 서러웠던 적이 있었을까?
그렇게 해서 내 편이 되어줄까?

그리고 또다시
혼자서 밝은 분홍색으로 포장된
공허한 검은 응어리를 정성스럽게 만든다
그렇게 포장을 하다가 포장지에 베여 괴로워하면서
만들고 또 만든다

만들면서도 나의 그 상처가 아물지 않고

굳은살이 되어버릴까

걱정하면서도 누군가가 이 굳은살을
알아봐주길 바라는 헛된 마음으로
계속 포장한다

이것이 그것이 시간입니다

내가 익숙했던 지금은,
그저 피아노 학원을 다녀오고
아직 볼살조차 귀여운 내 또래들과 노는 것

내가 익숙했던 그때는,
중학생이 된 나를 상상하며
심장 두근거리는 나

내가 익숙했던 그때는,
내가 이렇게 커지고
이렇게 자연스레 내 또래 아이들과 만나고
이렇게 15살의 나를 받아들인 것

이것이 시간인가
어릴 때도 궁금했다
그리고 지나가는 순간이 신기했다

언젠가 빛바랜 초딩 시절을 회상할 나,
지금의 내 또래 아이들이
언젠가 노인이 될 그때

그것이 시간이다

컴퓨터를 두드리며 과제를 할 직장인일까
꿈을 위해 아직 노력하는 꿈나무일까

난 아직도 지나가는 순간이 신기하고 궁금하다
지나갔을 순간을 떠올릴 내가 낯설다

나와 달리지만 절대
나와 같이 달리지는 않는 것

이것이
그것이
시간입니다

타고났어

너는 타고났다
노래를 잘하고,
운동을 잘하고,
공부를 잘한다

너는 타고났다
그걸 받아들이기 어려워서,
한낱 일상 시나 써대는
나와 비교되는
화려한 너

타고났어,
그 타고남이 언젠가 빛을 발하길
빛에 뜨거워 데여버리길
못난 나는 생각한다

잘난 너는
나에게 미움 받아 마땅하다
난 그런 사람이고
넌 그런 사람이거든

2019년 9월 22일

회색 아이

힘들어서 그래
너무 힘들어서 그래

그래서 너에게
좋은 사람이 못 돼

나에게 달라붙은 회색 얼룩
너에게 유능한 사람이 못 돼

나빠서 그래
너무 나빠서 그래

난 너무 나빠서
기회들은 날 피해가고

약속된 행운들도
나에게서 빠져나가

나를 껴안는 회색 얼룩
그 안에서 안정감을 느껴
더욱 펑펑 울어 젖히지

못생겨서 그래
너무 못생겨서 그래

난 당신에게 얼굴 한 번 보이지 못했어
자신감 문제일까,
천성의 문제일까,

날 집어삼킨 회색 얼룩
난 회색으로 가득찬 여자아이

순수한 하얀색도 아닌
깔끔한 검정색도 아닌
난 얼룩덜룩 회색

2019년 6월 19일

부럽다

차 앞을 아무렇지 않게 지나가는 내 또래,
손톱 걱정없이 캔뚜껑을 따는 엄마,

손 베일 생각 안 하며 종이를
마구 넘길 수 있는 아빠,
편하게 포기하는 반 친구들,

수업시간 중 당당히 화장실 가는 친구,
버스기사한테 나 내려야 한다고 외치는 승객,

부럽다, 그 용기들

다 어디서 온 당연한 용기일까
왜 난 다 가지지 못했을까?

사람 관계

버림받을까 무섭고,
내 말실수로 신뢰도가 떨어질까 무섭다

친구들이 사람들이
단순한 질타를 보내는 게

너무너무 무섭고 긴장된다
나를 싫어하는 거지?

내가 이상한 거지?
역시, 다른 아이와 다르지?

떠나는 거야?
너에게 내가 아무것도 아니게 될까 봐

네 곁에 계속 있어주려,
쿨한 사람인 척하려, 계속 애쓴다

너에게는 편하지만
나에게는 가느다란 외줄 같은

친구관계
강한 사람인 줄 알았는데

조금만 더,
조금만 더

그렇게라도 나는
이 순간을 지켜내려 했다

너무 약한 나는
이렇게라도 웃어야 사랑을 받는다

한숨

한숨에도
다양한 것들이 있다

햇살의 색을 빼닮은 꽃처럼 은은하고
방금 세탁한 이불마냥 개운한

나비 모양,
기쁜 한숨

아름다운 걸 보고서
혼을 빼앗긴 듯이

길게 내쉬는
가을 잎 내음이 감도는

정교한 나뭇가지 모양,
경탄의 한숨

답답하고 아릿한 느낌으로 꽉 찬
가슴속에서 겨우 빠져나온 듯이

온갖 뒤섞인 눈물과 회의로

불안하게 흔들리는

연약한 촛불 모양,
우울한 한숨

수많은 한숨들을 뒤로하고
또다시 해가 뜨는 동쪽을 바라보며

밤사이 꾸었던 꿈들을
모두 담아 크게 내쉬는

혹은 투명한 바람 모양,
비워내는 한숨

서럽게 뚝뚝 끊기는 한숨
비웃는 듯한 짧은 한숨

감동에 젖어 습기가 찬 한숨
만족감을 느끼며 느긋이 늘어뜨리는 한숨

오늘의 한숨은 또 한 번 공기 중에 흩어지고
많은 이들이 그 한숨들을 공유하겠지

어쩌면 그 한숨들이
같은 처지의 사람과 사람을 엮어내고

감정을 만들어내는
끈끈한 매개체일지도 몰라

한숨 쉬는 걸
숨기지 않아도 돼

꼭꼭 감추었던 속마음을 토해내는
작은 배출구일 뿐이야

PICCADILLY CIRCUS

나쁜 아이, 나쁜 늑대

난 참 나쁜 아이다

거짓말도 하고,
잘도 삐치고,

속도 좁아서
친구라도 함부로 날 쿡쿡 찌르는 걸

아주아주 싫어하는
나쁜 아이다

어떤 사람이 그랬다.
"넌 양이지만 늑대 같아"

난 양일 때도,
늑대일 때도 있었다

부드러운 소리는
내 머리통에서 메아리친다

"넌 순진한 양의 탈을 쓴 늑대야!"
나에게 그렇게 말했다

억누른 감정에 따른 분노는 비뚤어졌고
난 나쁜 늑대가 되었다

근데, 나도 잘하는 거 있어
진심을 담아 내 글을 쓸 수 있어

난, 한번 빠지면 계속할 수 있는
열정을 가지고 있어

네가 함부로 말할
나쁜 아이가 아냐

난 그런 너만큼 고귀한 사람이니
그렇게 알아둬

나쁜 늑대는
늑대만의 특권대로 살지, 뭐

조종할 수 있는 눈물

눈물을 조종할 수 있다면,
우리는 혼나는 도중
삐질삐질 올라오는 눈물을
억누를 수 있을 거야

눈물을 조종할 수 있다면,
애들 앞에서 찌질하게 보이지 않을 수도 있겠지

눈물을 조종할 수 있다면,
내 의지로 인해 슬픔을 표현할 거야

눈물을 조종할 수 있다면,
모두가 눈물을 조종할 수 있다면,

사람들은 네가 왜
쓸데없이 우는지 의아해할 거야
눈물을 안 나오게 할 수도 있는데 말이야

그리고 약한 겁쟁이에
지켜주기만 바라는 울보로 널 바라볼 거야

넌 영원히 완벽한 스마일로 살아가겠지

시크하거나, 냉소인간이 되거나

그들에게 눈물을 보이면 약자가 되니깐
조종할 수 있는 눈물을 흘리는 것을
이해받지 못할 테니까

이렇게 생각해보니,
때론 내 맘대로 안 되는 것도 있어야
인생답더라

프레리도그

나를 둘러싸고
웃고 있는 아이들

쉬는 시간에 뭉쳐
까르륵거리며 떠들고

옆 사람 어깨에 기대며
농담을 하는

이 학생들 사이
내가 여기에 있다

어디든 함께하고
웃을 때에 같이 웃는

우리들은 친구,
프레리도그 무리다

그런데 진심으로 웃은 적이 있을까
가까이에 있지만

성큼 손을 내밀기에는

너무 멀리 있는 그런 관계

마치 무리에서 떨어진
프레리도그 같다

목소리를 크게 내기 위할 방패였을 뿐,
난 복도를 당당하게 거닐기 위해

함께하던
그런 사람이었을까

장난스럽게 껴안아도
온기조차 섞이지 않는다

어울리지 않는 사람이었나 봐
이 무리에 있기엔 너무 왜소해서 그런 걸까?

아무래도 빛나는 프레리도그 무리
밖으로 빠져줘야겠어

난 애초부터
프레리도그가 아니었으니까

버스 창문에 매달린 물방울

모든 걸 놓고 싶어

아무도 날 보려하지 않아
아무도 날 인정하지 않아

난 부족한 아이일 뿐이야
난 쓸모없고 별 볼일 없는 거야

사람들은 모를 거야
내가 어떻게 작은 물방울이 되어버렸는지

원래 크디큰 빗줄기로
당당히 너희에게 오다가

온갖 것들에게 내 몸이 뜯겨져 나갔어
내 악취 나고 습한 체취가 아직 남아 있을 거야

난 그렇게 이 창문에 부딪혔단다
여긴 아름다운 곳인 줄 알았는데

빗줄기로 떨어지자마자
향긋한 토양에 스며들 줄 알았는데

난 계속 후회해

하지만 난 가끔 인정받은 맑은 성격 때문에
이 창문에 매달려서도 한없이 맑아야 한다는 걸
넌 모를 거야

혼자 이렇게 우울에 잠긴 것도 모를 거야
난 그저 버스 창문에 매달린
작은 물방울이거든

언제 어디서나 난 미끄러질 수 있고
사람들의 발바닥에 눌려
차들에게 눌려

땅속으로 스며들 수 있는
아주 연약한 물방울

난 분명 신성한 안개와 비와
구름과 공기와
함께 만들어진 존재인데
왜 난 그 수고를 보답하지 못할까

한낱 버스 창문에 매달린
물방울이 되었을까

오늘도 이 패배감을 감춘 채로,
오늘도 맑디맑은 물방울로
버스 안 지친 당신들을 위로한다

2019년 6월 27일

구름 위

어릴 때,
제각각 핀 구름들을 보며
저 위에서 노는 상상을 했어

친구들도 없이
엄마아빠도 없이

요정들과 나뿐인 하늘 위
푹신한 뭉게구름 위에

손가락으로 콕 집어보기도 하고,
솜털 같은 구름을 내 품에 안아보기도 했어

그리고 그 행복한 상상은,
행복했던 그 기억은
나를 너무나도 슬프게 해

다시 벗어날 수 없다는 좌절감에,
구름 요정들을 떠올리는 그리움에,
숨 막히는 모든 것들에 대한 두려움에,
난 더 슬퍼져

이제 길을 나눠놓은 벽돌의 결들을
쓰다듬을 수도 없고,

비 온 날 고인 물웅덩이를 보며
마냥 감탄할 수도 없고,

깡충거리며 높은 나무의 나뭇잎들을
잡으려 씩씩거릴 수도 없더라

이제 그러기엔 난 너무 컸고,
너무 작아졌기에

오늘의 구름 위에선,
아직 요정들이

날 잊어버렸을까 두려워
이렇게 커버린 나를 외면해버릴까 너무너무 두려워

뭐, 구름들이 항상 제자리에 있는 거 봤어?
다른 곳으로 뿔뿔이 흩어진 지 꽤 됐을 거야

망가진 마음에 비해 참 평화로운 마을도
언젠가 사라질 거잖아

난 그렇게 옛날 행복을 뒤쫓는다
어리석게 흩어진 구름들을 데려오려
안간힘을 쓴다

무기력

침대에 누워도,
사근사근 아침햇살이 밝아도,

연필을 쥐어도,
멍 때리지 않으려 노력을 해도,

무기력해
다 귀찮다, 그냥

학교 가는 버스 창문에
초점 잃은 채로

머리통을 기대는데
하루는 너무 막막했다

오늘은 한번만 놀아보자
오늘만큼은 도저히
버티지 못할 것 같거든

휴대폰에 이어폰을 꽂고 팝송을 재생한 후
오늘을 느릿느릿 감상한다

새파랗고 연한 하늘과 회색 그림자
연약하고 작은 저 나풀거리는 그림자는
무력하게 지배당한다

온종일 따뜻한 전기장판에 누워
베란다만 하염없이
바라보고 싶은 날

서늘한 바람에 코가 매우면서도
오늘은 창문을 열고

하염없이 찬 단풍거리나
내려다보고 싶은 날이다
생각 없이 쉬고 싶다

차갑고 푸른 넓은 하늘 아래의
베란다 창문 밖으로 힘껏 손을 뻗으며

숨을 들이쉬고 싶다
마음껏 무기력해진 마음이

늘어질 때까지 늘어져

땅까지 닿는다

오늘의 진득한 미련은 잠시
하늘에 맡겨둘까

무기력한 오늘은 하늘색 후드티를 입고
아무도 없는 곳으로 산책이나 가자

방전된 배터리는 충전을 시켜야
다음날을 버틸 수 있을 테니까

STEFER
90 - III
STEFER
SERVIZI URBANI
90
LIRE
90
LIFE
STYL

인생이란

사람들은
줄곧 인생을 말한다

그들은 인생을 어떻게 살아가야 하는지
여러 가지 조언을 하면서도

정작 자기는
자신의 조언을 무시한다

인생이란,
쾌락일까?

죽을 만큼 갈망하다가
얻고 나면 더욱더 원하는 그들

인생이란,
물레방아일까?

끝없이 굴러가면서
똑같은 방향만을 원하는 그들

무엇이 인생인가,

답은 누구에게 있나,
해결책을 만들 이는 누구인가,

그것이 우리인가,
가장 평범한 답이다

인생이란,
물레방아가 되면서도
쾌락이 잠시 머무르면서도

어느 땐 하루 종일 번개와
비가 울화를 터트리는,
아주 제멋대로인 것이다

또한 알 수 없는 미지의 시작이면서도
끝

끝을 맛보기 전에는
모든 것을 보아야 한다

아주 추하고 더러워도,
인생의 한 면이라고 볼 수 있지

연약한 인간

우린 의지한다
그리고 누군가를 갈망한다

끝없이 그에게 의지해야
살아가는

참 연약한 생물체
이러는 나도 누구보다 약한 사람

누가 따뜻한 손을 내어줄까,
누가 나를 차가운 손으로 밀어버릴까

기다리기만 하는
참 연약한 생물

하지만 누구보다 강인한,
참 흥미로운 생물체

언젠가
높은 곳으로 뛰어오를 때,

옆에 같이 잡고 가야 할 사람은 없는가
연약한 인간아

연약한 두려움에
그 아이를 놓아버리지 말아라

계속
애정을 나누고

사랑을 보여주고픈
아이다

어쩌면 그때 그 정상을 보다,
눈에 띄지 않은
아주 조그만 아이를

그 아이 손을 잡아주어
울지 않고 상처받지 않도록……

그 아이를 품에 안고
잘 성장시켜

기다림 없이

나와 살게 할 수도 있었다

여유

주말에도 하루의 반을
학생으로서의 일을
다하고 오는 나
지친 나

그래서 위로의 의미로
맛있는 떡볶이 한판
땡기러 가는 나

떡볶이를 가지러
낡은 체스무늬를 쭉 잡아 늘인 듯한
신호등의 초록색을 기다린다

도로 위로
버스 몇 대가 쌩쌩
차들도 쌩쌩

불토에 뭐가 그리 바쁜지
쉬어가지도 못하고
오늘도 쌩쌩

하늘은 벌써

복숭아 티 섞인 블루 아이스티가 되어 있는데,
아직 깨닫지 못한 세상

이제 해가 서쪽을 향해 달리며
주황빛 작대기를 발사하는데도

아직 낮인 줄 알고
팽팽 돌아가는 세상

새삼 이 와중에
그 집에 떡볶이를 만들게 한
내가 창피하기도 했다

어서 쉬어라,
여유를 가지고

내일이면 다시 낮이 될 테니
성급해하지 말아라

어서 쉬거라

2019년 4월 29일

시계

내가 태어난 이후로 시곗바늘은
몇 번이나 정각에 도달했을까?

시계의 수고에도 보답하지 못하는
작고 무능한 나 자신

항상 하는 말인데도
항상 아픈 말

더 이상 아프지 않아
그리고 나는 알았어

시계가 계속해서 돌아가지만
나는 시계를 쫓아갈 수 없다는 것을

거대한 시곗바늘이 나아가라고 밀어대면
이젠 그 자리에서 누워버리면 그만

눈을 꽉 감고 버텨대다 보면
결국 시간은 그대로 지나가

아, 살았다
시계 위에서 달리지 않아도 돼

하지만 이젠
붙잡을 수도 없이 빨라져서

나는 결국 시계 등판 위에 박제되었어
몸을 떼내려고 악을 써도

어느 순간 내가 시계 등판 위에
다시 테이프를 붙이고 있더라

지금 따라가도 어차피 너흰
시계 반대편에 있겠지

이렇게 하면
고통이 멈출 거라 생각했는데

애초부터 시계에 맞춰
살아가야 했던 걸까?

바늘을 돌려줘
그냥 계속 외면해줘

시계 위에서
도망친 나약한 사람의 꼴을

무색

나한테는 어떤 색이 존재했을까?
사람은 태어날 때부터 도화지 같았을까?

어떤 색깔이든 채워 넣을 수 있는 도화지
지금 나의 상태로 따지자면

내 색깔은 질서정연할까
마구 뒤섞여 얼룩졌을까

넘치는 색깔들이
매일 나를 괴롭힌다

놀라고 아프고
서럽고 화나고
귀찮고 외롭다

매일매일 물감이 묻혀 끈적여진 피부를
이제 닦아내고 있다

그래, 괴로우면서 행복할 거라면
지워내는 게 나에게는 더 편하다

살이 빨개지도록 문질러대고,
사라지는 게 두려워도,

그렇게 지워내서
얼룩진 휴지들을 버리고 피부결을 정돈한다

그래도 마지막까지 남은 굳은 물감들은
깨끗해진 내 마음을 가끔씩 찔러댄다

조금 아릿하지만 얼굴이 찡그려지지 않는다
언젠가 너희도 가루가 되어 사라지겠지

처음부터 색깔이 없었다면
굳은 물감이 남아 있지도 않았을 텐데

조금은 후회된다
그 물감들은 어디서 나온 걸까?

조금만 더 버텨냈더라면
내가 좋아하는 분홍색이

아직 남아 있었을까, 하면서

씁쓸하다고 생각했다

결국, 상처 받기 싫었던 거다
마음속 색깔이 없는 나의 방

그 온기 없는 찬 바닥 위에 웅크렸다
아늑한데, 정말 편한 것 같은데

가슴이 너무 아파
물감과 따뜻한 손이 절실했다

가짜 꿈

그게 맞는 줄 알았다
그게 내 꿈인 줄 알았다

아름답고 소중한
나만의 미래
내가 가야 할 길인 줄로만 알았다

그런데,
사람도 착각을 하더라

깊고 슬픔이 가득한
구렁텅이에서

그저 지나가는
햇살 한 줌을 보았을 뿐인데
그게 나를 위한 거라고 착각한 거야

정말 꿈을 가진 사람들은
자신의 인생 옆 부분에
언제나 그게 들어 있는데

아, 착각했던 거야

내 꿈마저

그냥 꿈이란 것이
나를 행복하게 해줬다는 이유로

도피처로 삼았던 거지
행복이라는 이름 아래에

나는 꿈속으로
도망친 것이었다

이제 보인다,
거짓으로 포장했던 미래가

바뀌는 숫자

2019년의 시간이 멈추고
새 날을 알리는 2020년

매일 아침 떠오르는 해도
굳게 제자리를 지키는 나무들도

주변을 맴돌다 다시 스쳐가는 공기도
무엇 하나 바뀌는 게 없을 텐데

곧 어엿한 열여섯 소녀가 된다는 이유로
신기해서 두근거렸다

다시는 오지 않을 열다섯
그렇게 길고 길었던 험난한 여정이 끝을 보이고

수명을 다하는 해의
마지막 12시를 앞둔

시곗바늘은
평소보다 빠르게 달리는 듯하다

째깍째깍

얼마 남지 않은 현재의 추억들

또 다른 일들이
셀 수 없이 많았던 커다란 기억들

너의 일 년이
그리 아름답지 않았다면

그만큼 단단한
굳은살이 박였던 시기리라

글은 서툴렀고
하는 일들마다 바보 같았던 열다섯의 나

열여섯은 달라질까 기대한다면 아닐 것이다
매일 떠오르는 해도,

곧은 나무들도, 스치는 바람도
내일 아침이면 돌아올 테니

하지만 새 출발을 기념하는
일 년 중 딱 하루

하고 싶은 말 많은
마지막 시간을 남기고

새로운 나를 다짐하는
종소리를 기다린다

다시 나아갈 거니까
더욱 성장할 거니까

안녕, 2019년
그리고 안녕, 2020년

바뀌는 숫자야,
미소를 머금고 다가와줘

오늘만큼은 세상 모두에게
시작의 기회를 줘

멋진 여자

우리 엄마는
멋진 여자

똑부러지는 워킹맘에다가
세상 고급져 보이는

우리 엄마는
멋진 여자

냉철하고 당당한
그런 멋진 여자

하지만 그 멋진 여자는
적어도 자신과 가까운 사람들 앞에서는

그런 모습이
아니라는 것을 나는 안다

자기는 날카로워 보이지만
그렇지 않다고 말하는 이유를 나는 안다

사람들 앞에서는

한없이 칼 같은 태도지만

우리 앞에서는 조금 서툰 면들도 보여주는 모습을,
말하지 않아도 나는 안다

엄마는, 어쩌면 처음부터
멋진 여자가 되고 싶지 않았는지도 모른다

어떨 땐 기대고 싶어하고
나와 동생들 일이라면

하던 것도 놓아두고 달려오는
우리 엄마

할 말은 많지만
부족한 서로에게

어떤 벽을 먼저 허물어야 할지 몰라
마찰이 생겨도

미운 정 고운 정
쌓아가며

그 누구보다도 연이 깊은
가족이란 단어, 그리고 엄마다

어떤 모습이던
사랑이라는 조건은 변함없는

멋진 우리 엄마,
멋진 여자다

열다섯 전서윤, 이제 끝!

열다섯
딱 그 중간

가장 불행하고 일도 많았던
열다섯

참 별일
다 있었다

공연도 했고,
울기도 많이 울었고 말도 줄고

아프지 않은 날은
없었다

모두 이번 일 년도
정말 상처가 많았을 것이다

그럼 이제 나는
어디로 가야 할까?

어떻게 무슨 수로?

나도 끝은 모른다

하지만 나에게도
빛이 찾아올지는 모르지만

한번 더 용기 낼 거다
이제 알 것 같거든

그래 열다섯 주제에
조금은 삶을 알 것 같아

그리고 이 책을 읽는 너를
꼬옥 안아주고 싶다

혼자서 힘들었다고
이제 마음고생 적당히 하라고

잘 견뎌와서
너무 고생했다고

다음 해도
어차피 고생 많을 텐데

오늘 맛있는 거나 먹고
힘내라고

책을 만들게 되고
이렇게 책의 끝을 맺게 될 줄 누가 알았을까

나를 조금은 찾게 된
열다섯

손에는 상처가 많지만
결국 작은 다이아몬드를 얻어냈다

불행하던 행복하던
귀중한 일 년이었다

새 날은 조금 더 밝게 할
열다섯은 이제 엔딩을 맞이한다

다시 열다섯이란
타이틀을 가질 수 없겠지만

새 이름 얻고
새 전서윤으로

열다섯 전서윤,
이제 끝!

4

순간순간
지켜내고픈 것들

2019년 4월 11일

사실 무엇이 인생의 의미인지 모른다.
아마 죽기 전까지 영원한 미궁으로 남겨질지도
모른다. 아니 죽어도 모를 수도.
땅을 느끼고 꽃을 관찰하는 것이 인생의 의미?
성공이 인생의 의미?
좋아하는 것을 찾는 것이 인생의 의미?
인생의 의미는 정말 무엇일까?
아직도 찾고 있다.
어쩌면 답이 없기에 이 세계에 다양한 것이
살 수 있었을 수도 있다.
답이 있었다면 우린 그 방향으로만 나아가야
했겠지?

2019년 10월 20일

나무 그림자가 진 숲 풍경이 더욱 아름답듯이
그림자가 진 우리의 기억은 더욱 아름답다.

2019년 10월 20일

외롭다고 시작하면 자유롭고 싶어 떠나게 된다는 게 무엇일까?
그 지겹던 사랑 노래가 듣고 싶어지는 건 왜일까?
누군가 나를 너무 좋아해 안달나길 바라는 마음은 무엇일까?
사랑해서 마음에 꽃물이 드는 늣한 느낌은 무엇일까?
사랑해서 유쾌한 원숭이가 나를 채우는 듯한 느낌은 무엇일까? 어느 쪽이든 사랑하고 싶다.
유대를 맺고 싶다. 아무래도 정말 가을인가 보다.

2019년 10월 20일

그 사람과 이별한 후로 한 번 울고 그를 보냈다면 별로 사랑하지 않은 거야. 죽을 듯이 아팠다면 할 만큼 한 거야. 가슴이 찢어질 것 같고 분노하고 눈물이 마구 차올라도, 잘 사랑했어.
수고했어.

2019년 10월 21일

세월이 지나갔기에 시간을 소중히 여기라고 하는가 보다.

어쩌면 이미 지나갔기에 편히 말하는 것일지도 모른다. 다시는 그런 일을 겪지 않을 테니까. 그 시간 이후로 끝이니까. 그 순간으로 다시는 돌아가지 못할 걸 아니까. 남에게 더 잘하라고 시키는 것이다.

돌아가지 못한다는 안심 속에서 그런 태평한 말이 나오는 것이다.

2019년 10월 31일

소설 속 주인공 뒤에 숨어 비도덕적인 감정을
나타내지 마. 어차피 그건 너야.

2019년 10월 31일

시,
새로운 곳에서 영감 받고 쓰는 게 아니다.
매일매일 봐온 것에서 차곡차곡 쌓아온 감정들이
의식이 되는 때에 쓰는 것이다. 하지만 금방
적어놓지 않으면 다시 돌아오지 않은 것도
시이기에 얼른 적어놓으려고 한다.

2019년 11월 9일

가끔 자신이 무얼 해야 하는지 회의감이 든다면
댄스공연장을 가보는 건 어떨까? 네가 좋아하는
그룹 말고. 그러면 좋아하는 얼굴들 보느라
정신이 없잖아.

그냥 아무 댄스 공연을 가.

멋진 안무와 화려한 형형색색 조명에
넋이 나간 채로 감상한다. 그 그룹의 춤의
주인공은 누구일까.

뒤에 서 있지만 그저 맑게 웃으며 춤을 추는
기분은 어떨까, 숨은 실력자는 누구였을까,
너와 비슷한 사람은 누구일까, 몇 개월간 땀으로
만들어낸 이 공연이 끝나가며 어떤 생각을 하고
있을까, 그렇게 생각하다 보면 네 방향을 찾게 될
거야.

너만의 신념을 찾으러 가라, 댄스 공연장으로.

2019년 11월 9일

가끔은 관전자가 당사자보다 좋다.
아무래도 관전자에겐 구경거리가 최고지 않을까.
꼭 주인공이 될 필요는 없다. 정 인생이 안 풀리면
저놈은 어떻게 되는지 구경이나 하자.

2019년 11월 13일

인생을 사는 방식이 이렇다면 내가 따라야 할
필요가 있을까?
맞지 않는 친구를 걸러내듯이 인생을 걸러낼 순
없는 걸까?
왜 현실에 막말 듣는 것을 당연시하고, 상처에
익숙해지도록 교육시킬까?
언제는 그런 말 듣기 아까운 존재라면서.

2019년 11월 13일

너무 행복하면 오히려 불행할까? 불행한
사람들의 노래를 들을 수 없을 테니까.
그래, 이게 좋은 것 같네. 공감 말이야.

2019년 11월 14일

흰색은 깨끗한 만큼 얼룩지기 쉽다. 티 없이 하얀 저 색깔은 어떤 색깔이 조금이라도 섞이면 금방 물들어버린다. 너무 순수해서 너무 쉽게 다른 사람이 되는 것이다.

2019년 11월 14일

태양의 대기처럼, 희박하기만 하다. 조금만 선을 넘으면 숨을 쉴 수 없을 것만 같아. 하지만 이곳은 너무 뜨겁고, 바깥은 너무 차다. 어떡해야 할까, 어떤 쪽으로든 어디로 가든 아픈 건 마찬가지겠지.
내가 하는 것이 맞는 걸까, 정말 세상이 차가울까, 아직 모르겠다. 그래야 할 나이일 거다.

2019년 11월 14일

사랑하는 사람이 생긴다면 좋아하는 가을 아침 햇살의 옆자리를 너를 위해 남겨놓을 거야. 차가운 내 손을 내미는 대신 햇살 가득한 그 자리를 너에게 양보하고 난 기꺼이 그늘 아래에 앉을 거야. 손을 잡는 게 꼭 사랑은 아니니까.

2019년 11월 18일

살면서 참 많은 인간들을 본다. 그리고 나는 깨닫게 된다. 생각보다 착하고 대단한 사람은 아니었다는 것을.

2019년 11월 18일

아무도 나를 쳐다보지 않는 밤, 그 밤에는 내가 있다. 밤에는 사람이 가장 예뻐 보인다는데. 밤에는 누구에게도 보여주지 않을 나의 아름다움, 온전히 내 것이다. 나만의 밤과 나만의 미소를 만끽한다.

2019년 11월 19일

이상하고 역겨운 음식을 맛없는 척하면 사랑받을 줄 알았어.

얇고 트렌디한 옷 말고 두꺼운 단색 옷을 고르면 칭찬받을 줄 알았어.

어른들이 싫다고 한 것을 내가 싫어하면 좋아해줄 줄 알았어.
하지만 안경을 바꿨어. 흔하지 않은 빨강 안경에서 흔하디흔한 까만 안경으로.

독보적인 걸 고집했던 나는 결국 까만 안경이 어울렸던 거야.

안경을 다르게 끼고 나는 알았어. 사랑은 그런 게 아니었던 거야. 너무 아팠어.

내가 봐왔고 믿어왔던 사랑들은 이제 어떻게 바라보아야 할까. 난 어느 쪽에 서야 할까.

모든 것이 뒤죽박죽 섞여버려서 독보적인 걸

고집했던 나는 결국 까만 안경이 어울렸던 거야.
내가 봐왔고 믿어왔던 사랑들은 이제 어떻게
바라보아야 할까. 난 어느 쪽에 서야 할까.

모든 것이 뒤죽박죽 섞어버려서 입 밖으로 나오려 할
때마다 목구멍이 턱 막혀버려. 사랑받고 특별하다고
느낄 존재가 맞는지 고민할 때마다 정과 인간을
넘어 내가 보이게 돼.

발등으로 들어올리는 찢어진 실내화, 촌스러운
카디건, 곱실거리는 잔머리, 내가 보여.

믿었던 내가, 깨져버린 내가.

2019년 11월 21일

그런 날도 있는 거야, 난 왜 항상 그런 날만 있는 거야.

2019년 11월 21일

불행만 있는 실패한 인생이라고 생각했는데
불행만 있어서 다행이야. 행복을 기대하지 않게
되거든.
오히려 행복이 올까 봐 겁나. 또 멍청해지잖아.

2019년 11월 22일

빠르게 걸어도, 아무리 빠르게 걸어도, 뒤에서 걸어오는 사람들보다 뒤처지고 있어. 한 명 한 명 나를 제쳐가고 삼각으로 퍼져가고 있어.
나 같은 건 애초에 존재하지 않았다는 듯이, 주인공은 저 사람들이라는 듯이.
그 사람들이 향해 가는 길 너머에는 무엇이 있을까? 또 다른 평범한 길에서 다시 헤매게 되었다.

2019년 11월 22일

살아가는 걸까. 버텨가는 걸까. 마음먹기에 따른 문제가 아니다. 마음 가는 대로 살아가는 게 살아가는 거다. 움직이는 시체가 되지 않겠다.

2019년 11월 25일

학생이기에 매일매일 학교에 가. 아침마다
매일매일 긴장해. 너무 시끄럽고 괴로워. 급식
시간 때에는 침을 튀기고 연기가 왁자지껄하게
피어올라.

책을 던지고 책상이 넘어질 정도로 소리 지르며
뛰어다니는 아이들은 뭔가 마음에 안 들면 크게
욕을 해. 책상을 쳐.

어지럽다. 나한테 어서 꺼지라고 할 것 같아.
누가 나한테 그러는 것도 아닌데 아이들의
눈초리는 나에게 쏠려 있는 것 같아. 너 같은
초라한 애와 여기는 차원이 다른 곳이라고 비웃는
것 같아.

나와 안 어울려. 나는 한낱 열다섯 살이고
선택권은 없다. 어떤 판단을 해야 할지 모르겠다.
나는 그저 편하고 싶은데.

점점 망쳐가고 있어. 귓속이 너무 시끄러워.
우울해.

하지만 나는 사춘기고 중2병이기 때문에 아픔은 저 단어에 뭉뚱그려 넣어지겠지. 하루하루 휴대전화를 보면서 살아가는 것 아무도 모를 거야.

점점 근육이 가라앉고, 눈이 팽팽 돌아도, 시간을 낭비해가면서도, 내가 혐오스럽다는 생각을 하면서도 그 생각마저 잊기 위해 네모난 물체에 몇 시간을 바친다.

그게 내 열다섯 살. 우리는 어때?

2019년 11월 30일

삶을 포기해봐. 남는 건 편안함과 공허함뿐이야. 머리부터 발끝까지 뻥 뚫린 듯, 당장에라도 바람에 휩쓸려 갈 것 같은 느낌이야. 그런데 다시 한 번 기쁨을 맛보고 생각해봐. 우유부단한 성격이 도움이 될 때가 있더라. 한 번만 눈 딱 감고, 죽어야겠다고 결심하기 전에라도 네가 원했던 걸 이루어봐. 네 삶은 너를 위해 있다는 걸 알게 될 거야.

2019년 12월 3일

힘들 때마다 맛있는 걸 먹어. 하나하나 음미하다 보면 너의 괴로움은 달달하게 녹아내리는 초콜릿, 바삭바삭한 치킨, 시뻘건 불닭에 모두 옮겨갈 거야. 그리고 오늘 밤 승리의 미소를 짓는 거야. 소중한 행복을 다시 맛보았다고. 물론 내일 아침에 후회하겠지만.

2019년 12월 3일

미래엔 무엇이 있을까. 미래, 아마 과거보다 오래 쓰일 단어겠지. 아무도 장담 못하니까, 인생의 반전을 겪어도 할 말은 없다. 계속해서 내가 장담할 만한 미래를 만들어가는 중이다. 다른 사람들의 성공 비법 책은 이제 덮고, 페북으로 누군가 부러워하는 짓도 그만두고, 준비가 되었던 안 되었던 이제 네 자신으로 세상에 나갈 차례다. 발에 힘주고 장담 못하는 미래를 만들어 나가보자. 계속 걸어 나가자. 끝은 우리가 뭐라도 해야지만 만들어지는 랜덤이기 때문이다.

2019년 12월 12일

이렇게 작고 힘 없는 내가, 발악해봤자 무얼 할 수 있겠어. 응, 뭘 하긴 하더라.
작고 힘없는 너라도 당장 외투라도 꺼내봐.
그게 조금 있다 다가올 5분 후의 미래를 바꾸는 거지.

2019년 12월 18일

기분이 저기압일 땐 초콜릿이 최고던데.
얘는 항상 고기압인가 봐. 초콜릿의 이 넘치는 긍정에너지 좀 빌려야겠다!

2019년 12월 21일

난 +와 -의 법칙이 싫어. 그게 뭔데 감히 내 인생을 마이너스와 플러스로 가르는 거야?
나쁜 일이 생긴 만큼 좋은 일이 생긴다는 건 또 무슨 웃긴 헛소리지? 그건 게으른 사람들이나 바라는 희망이야.
난 직접 +를 만들래. 애초에 인생의 운이 +와-로 판가름이 되었다면 노력을 통한 성공 따위는 있지도 않았을걸.

2020년 1월 3일

어느 순간 마음의 소리가 작아졌다.
사람들은 감정이 단단해진 거라고 좋은 거란다.
억누르고 또 억눌러, 결국 그의 아름다운 춤까지
사그라져버린 불시의 심정을 다른 이들은 모를까.

2020년 1월 4일

내가 되고 싶은 많고 많은 사람 중 오늘 나는
허술한 사람이 되었으면 좋겠다. 사람들이
편하게 기대고, 어떨 때는 나의 송송 뚫린 구멍을
통해 나를 놀릴 때 깜짝 놀라며 까르륵 웃어 보일
줄 아는 사람이 되고 싶다.

2020년 1월 4일

좋아하는 것과 잘하는 것, 언제나 엇갈리는 문제,
이렇게 생각해보자.
잘하는 것을 선택한다면 내 생각에 일자리 얻는
것이 크게 어렵지는 않을 거야. 하지만 빠르든
늦든 마지막엔 결국 네가 좋아하는 일을 하게
될걸?

좋아하는 것을 선택한다면 아마 되돌릴 수는 없을 테지. 즐기는 것 이상으로 노력하고, 피와 땀, 눈물뿐만 아니라 인생의 절반을 바쳐야 할 수도 있어. 그때쯤이면 너의 능력을 의심하겠지. 포기하거나 열정을 마지막까지 불태우거나 꽤나 도전적이고 위험한 주사위 돌리기야.

혹시 방금 운명처럼 내가 이 일을 해야 할 것 같다는 강한 필이 왔다? 음, 나도 그런 적이 있었지. 바로 거기에 올인하기 전에 적어도 몇 개월만 탐색해봐. 아니 몇 년을 고심하고 또 연구해. 그렇게 했는데도 확신이 든다면 그때 미래를 결정해.

잘하는 것도 좋아하는 것도 없다고?
그건 네가 알아서 찾아내야지. 이 세상에 정답은 없다는 걸 너도 나도 알잖아.

2020년 1월 4일

‘누가 나 같은 걸 좋아하겠어.’

자존감이 바닥으로 내리치다 못해 심장
한가운데에 꽂힐 때,
더는 나를 스쳐가는 눈들을 무표정으로 일관할 수
없을 때,
나는 안 될 거라는 생각이 폭발해 그 자리에서
주저앉을 것 같을 때,
사랑을 받지 못할 거라는 말을 머릿속에
하나하나 똑똑히 박으며 나 속의 전서윤은 내
어깨 위에 앉아 내 머리카락을 마구 잡아당긴다.

피부가 벗겨질 듯한 아픔에 거친 비명이 입
밖으로 조금씩 새어나가면서도, 힘들다고 티 내는
게 무서워 결국 그대로 눈을 질끈 감아버렸다. 될
대로 되라며 고집스럽게 몸을 지탱한 발에 힘을
풀고 쓰러지고 말았다.

나를 포기하면 후련할 줄 알았더니, 이제 내가
무언가에 눈을 반짝일 때마다 못된 전서윤은
손목을 붙잡고 그대로 두 걸음 물러나게 한다.

아아, 누군가에게 어리광이라도 부릴 걸 그랬어.
나 좀 봐달라고 더 큰 소리로 울부짖을 걸 그랬어.
어린애처럼 칭얼거리며 도와달라고 할 걸 그랬어.
나 혼자 할 수 있는 게 아니었던 거야,
쪼그라든 심장에 펌프질을 하는 건.

2020년 1월 4일

내가 볼 때의 나 자신은, 별 볼일 없는 소심쟁이.
게으름뱅이에다 무엇이든 제대로 할 줄 모르고
일주일에 네다섯 번은 일기장에다가 힘들다고
징징거리는 결점투성이 여학생.
맞아, 이런 내가 정말 싫지.
사람들이 나를 쳐다볼 때마다 볼품없어지는
기분이야.
세상에 이런 사람이 또 있을까 싶어.

있잖아, 구름마저 어두운 오늘,
침대에 가만히 누워 생각해봤거든.

나는 어떻게 책을 낼 수 있었을까?
나는 어째서 글귀가 떠오를 때마다 꼬박꼬박
휴대전화 메모리에 저장해둔 거지?
나는 왜 그렇게 행복을 위해 발버둥을 쳤을까?

하나하나 내가 무의식적으로 해왔던 그것들을
떠올렸어.
그리고 깨달았어. 나는 내가 생각하는 것만큼
하찮은 인간은 아니구나, 싶더라.

2020년 1월 5일

나를 너무 이해하려 하지 말자.
가끔은 깊이 파고들지 않는 것이 더 편한 법이다.
감정이 흘러가는 대로, 새 잎사귀들이 피어나는
듯이, 가끔은 그저 바라보고 또 품어주는 것이
문제의 원인을 파악하려 끙끙대는 것보다 좋은
선택이 아닐까.

2020년 1월 5일

당신에게 상처받지 않기 위해서, 사랑받기 위해서,
'밉다'라는 단어가 생각나지 않게 하기 위해서,
얼마나 많은 가면들을 내 얼굴 앞에 빽빽이
겹쳐놓은 걸까.
결국 나조차도 낯설게 만든 내 모습들을.

2020년 1월 8일

시작에 날짜는 없다.
시작하기로 마음먹는 날이 당신만의 새로운
날짜다.

큰딸이 엄마에게 보내는 편지

엄마! 큰딸이에요.

작년엔 열네 살에서 열다섯 살로 가고 있었고, 현재는 열다섯에서 열여섯으로 가는 중이에요. 그동안 저는 많이 성장한 것 같아요. 엄마는 그런 저를 보느라 엄청 힘드셨죠? 일주일에 한 번 이상은 감정싸움을 했던 것 같아요.

성장통인지 중2병인지 저는 많이 힘들었어요. 그런 저를 조금씩 이해해주시면서 가까이 와주시려는 것을 다 알고 있었어요. 다 알고 있는데, 정말로 고마웠는데, 제가 그런 거에 많이 서툴러서 제대로 고마움을 전한 적이 없었던 것 같아요.

말은 안 했지만, 앞으로도 말할 수 없을 수도 있겠지만 엄마의 사랑을 항상 느끼고 있다는 것을 알아줬으면 해요. 이 책을 통해 이렇게 고마움을 전하게 돼서 기쁩니다. 엄마도, 아빠도 매일매일 고마워요. 항상 사랑해요!

책을 마감하며

나는 올해 열여섯 살, 열다섯살이라는 시간을 반납하고 시인이 된 전서윤이다. 좋아하는 것은 카페 가기, 크리스마스 캐럴과 팝송 따라 부르기 등등이 있다. 우리 가족은 나를 포함해 부모님 그리고 까불기 좋아하는 막냇동생과 똘끼 가득한 여동생이다. 현재 중학교에 다니고 있으며 웃기도, 화장하기도, 노래하기도 좋아하는 평범한 여학생일 뿐이다.

책을 출간할 것이라는 소식을 들은 몇몇 친구들이 그 이유를 물었다. 딱히 책을 낼 생각은 없었다. 그저 마음이 갈 때마다 휴대전화 메모장에 글을 적었고, 그것을 고이 모아두었던 게 의도치 않게 세상 밖으로 알려지게 된 것이다.

아마 첫 시를 쓰게 된 것은 중학생 새내기였던 열네살 봄 새순을 본 후였다. 내가 가는 길마다 반기듯이 솟아 있던 작고 귀여운 새순 봉오리는 곧 나의 삶을 바꾸게 한 계기가 되었다. 사진을 찍어 대는 것으론 부족해 나는 이 감정을 표현할 수단을 찾았고, 그것이 '시'였다. 사실 처음 쓴 시는 '웅덩이'였다. 시간이 지난 후, 처음 새순을 보고 느낀 감정 그대로 담아 조금 더 노련해진(?) 실력으로 써보았다.

시를 딱히 즐겨 읽는 것도 아니고, 시에 대한 깊은 조예가 있는 것도 아니다. 그야말로 줏대 없이 그저 긴 산문 형식으로 쓰는 내 스타일만 보아도 알 수 있다. 조그맣고 파릇파릇한 그 싹을 보았던 순간의 그 감정을 어떤 방식으로든 남기고 싶었을 뿐이다. 누구나 자신의 이야기를 풀어내고 표현하고 싶은 적이 있을 것이다. 마음속 응어리들을 드러내기 위해 내가 사용한 수단은 결국 시가 아니었을까 싶다. 시간이 지나며 한 편, 또 한 편 끄적거리다 보니 휴대전화 메모장에 쓴 글들이 30편에서

40편을 넘자 에세이까지 쓰게 되었다. 그래서 80편 조금 넘는 글들이 완성되었다. 그 휑하던 메모장이 각각의 이야기로 가득차게 된 것이다!

부모님에게 시 한 편을 보여드리자, 놀라워하면서 생각지도 않은 칭찬을 해주었다. 그때 처음으로 내 특기를 알게 되었다. 그 결과 학교 시창작대회에서 우수상과 최우수상을 받았다. 그래서 수줍게도, 조금 내 실력을 자랑을 하고 싶었다.

지금까지 완성한 글들을 처음부터 하나하나 되짚어보니, 이 시들을 쓰며 시간의 흐름에 따라 조금씩 성장을 해온 것 같다. 즉, 이 책은 나의 성장 스토리이기도 하다. 짧으면 짧고 길면 길다는 열다섯 인생 동안, 힘든 일들은 갈수록 배로 다가왔다. 나 역시 다른 사람들처럼 온종일 과거와 현재의 불행에 매달려 살기도 했고, 세상에서 나만 유별난 것 같아 스스로를 혐오했다. 이 책을 읽는 당신과 내가 어느 정도 비슷한 아픔을 겪었다면 이 시를 읽고 조금이라도 위안을 받았으면 좋겠다. 그럼 적어도 우리들은 혼자가 아닐 테니까.

그러니 지금 당신이 어떤 상태든 간에 내 글을 읽으며 느긋하고 편안한 시간을 보냈으면 한다. 병아리 시인 주제에 사치스러운 부탁이지만 말이다. 사실 책이 나온다는 사실이 아직도 실감이 잘 나지 않는다. 내 시가 뭐가 그리 대단하다고 책까지 내나 싶었고, 지금도 그런 마음이 조금은 남아 있다. 하지만 교정지를 수정하고 에필로그까지 작성하고 있는 나를 보며, '와, 내가 하긴 했구나' 하는 생각과 함께 새로운 기분도 들었다.

이 책이 나오도록 지지해주신 부모님께 감사드리고 싶다. 내가 시를 쓴다는 걸 부끄럽게 여기고 혼자서 간직하려 했던 이 글들을 높게 평가해주신 엄마아빠 아니었으면 아직도 나는 오히려 내 실력조차 인식하지 못한 채 그저 메모장을 채워 갔을 테니까. 새삼 책을 출간면서 많은 의미들을 얻은 것 같다. 책을 출간하며 깨달은 의미 중 하나는 우울하다는 것이 그리 나쁘지 않은 감정이라는 것이다. 내 시는 어둡고 우울한 주제가 많은데 그것 역시 내 마음속에 꽁꽁 담아두기보다는 풀어내는 쪽을 선택한 결과다.

나도 우울이란 것을 겪어보고, 여러 가지 위험한 생각들도 많이 했던 사람으로서, 외로움과 우울함 안에서 잠시 허우적대는 일도 자신을 성장시키는 요인 중 하나라는 깨달음을 얻었다. 열다섯은 나에게 15년 인생 중 가장 힘든 시기였다. 묵힌 감정들을 무시하고 언제라도 미소로 일관하는 데에 익숙해졌고, 미움을 받기가 무서워 이 구렁텅이에서 빠져나올 생각도 쉽사리 하지 못했다.

하지만 이젠 그런 나를 싫어하지 않는다. 시를 써서라도 마음을 달래던 나를 칭찬해주고 싶다. 오히려 계속 웃는 가면을 쓴 채 나에게 쉴 시간도 주지 않았다면 모든 것이 버거워 포기했을지도 모른다. 결국 우울에 빠져 시야를 회색빛으로 물들인 채 눈물을 찔끔거리던 그 나날들이 나를 찾아가기 위한 힘겨운 발돋움이 아니었을까 싶다.

그러니 혹시라도 당신이 우울하다면 그 감정을 외면하거나 부정할 필요는 없다고 말하고 싶다. 아직 어린 내가 누군가에게 어느 정도까지 위로할 수 있을지는 모르겠지만 당신은 마음껏 우울해해도 된다. 우울에 안겨 펑펑 우는 것이 조금은 위로가 될 테니까. 또한 마음만 굳게 먹는다면 당신은 손쉽게 이 깊은 구렁텅이를 빠져나갈 수도 있을 테니까. 그렇게 나온 밖은 너무 눈이 부셔 머뭇거릴 수도 있겠지만 주변인들의 도움을 받아 조금씩,

또 조금씩 발을 내딛다 보면, 너무나도 밝은 이 세상이 더 이상 눈부시지 않을 것이다.

2020년 올해 열여섯, 열다섯일 줄로만 알았던 시간들을 반납하고 조금은 더 성장한 전서윤이 되었다. 새 사람이 아닌, 성장한 전서윤으로. 시를 처음 쓸 때처럼 아직도 상처를 잘 받고 쉽게 좌절하는 전서윤은 열여섯을 시작으로 차근차근 다시 '나'라는 사람을 찾아나가고 있다. 더 나아지면 조금 더 좋은 시들을 쓸 수 있을까? 그래, 시간을 두고 천천히 나아가자. 이 책을 읽고 있는 모두에게 고맙다는 말을 전하며, 오늘은 깊고 편안한 밤이 되길 바란다.

2020년 1월 8일

전서윤

오늘은 나만
생각하는 날

초판 1쇄 인쇄 2020년 1월 15일
초판 1쇄 발행 2020년 2월 5일

—

지은이 전서윤
사진 전서윤, 이갑성

—

발행인 이웅현
발행처 (주)퍼시픽 도도

—

전무 최명희
기획·편집 홍진희
디자인 김진희
홍보·마케팅 이인택
제작 퍼시픽북스

—

출판등록 제 2014 - 000040호
주소 서울 중구 충무로 29 아시아미디어타워 503호
전자우편 dodo7788@hanmail.net
내용 및 판매문의 02-739-7656~9

—

ISBN 979-11-85330-65-5(03810)
정가 11,200 원

이 도서의 국립중앙도서관 출판예정도서목록(CIP)은 서지정보유통지원시스템 홈페이지
(http://seoji.nl.go.kr)와 국가자료공동목록시스템(http://www.nl.go.kr/kolisnet)에서
이용하실 수 있습니다. (CIP제어번호 : CIP2020001612)